這本書獻給我巨大無比的小東西：奧林匹婭。
──碧翠絲・阿雷馬娜

還有一個大大的感謝要獻給帕塔，她從來不曾遠離。

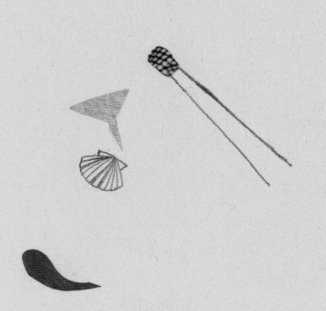

© 巨大無比的小東西

文 圖	碧翠絲・阿雷馬娜
譯 者	尉遲秀
責任編輯	陳奕安
美術編輯	李唯綸
版權經理	黃瓊蕙
發 行 人	劉振強
發 行 所	三民書局股份有限公司
	地址　臺北市復興北路386號
	電話　(02)25006600
	郵撥帳號　0009998-5
門 市 部	(復北店)臺北市復興北路386號
	(重南店)臺北市重慶南路一段61號
出版日期	初版一刷　2019年4月
編 號	S 858891

行政院新聞局登記證局版臺業字第○二○○號

ISBN 978-957-14-6616-3 　(精裝)

http://www.sanmin.com.tw　三民網路書店
※本書如有缺頁、破損或裝訂錯誤，請寄回本公司更換。

La Gigantesque Petite Chose
Text and illustrations by Beatrice Alemagna
Original French edition and artwork © Editions Autrement
All rights reserved.
Text translated into Complex Chinese © 2019 San Min Book Co., Ltd.

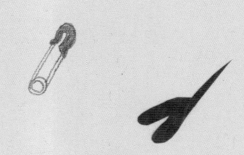

巨大無比的小東西

碧翠絲·阿雷馬娜／文圖　　尉遲秀／譯

某個夏日，
它從巴斯提安的腳邊輕輕走過。

有個小女孩想抓住它，
就像我們抓蝴蝶那樣。

家裡養鱷魚的那位太太
在門口等了好幾個月，
　她什麼也沒看到。
　有些人遇不到它。

有人在雨中和它相遇，
只有短短的一、兩分鐘，
但是這樣已經足夠。

漫長的假期裡，它從手中滑過。
發出細小的劈啪聲，接著就消失了，
沒什麼大不了的事情。

一位老先生找到了它，在一團雪花裡，
在來自遠方的寒冷裡。
有那麼一瞬間，他以為自己又變回了小男孩。

許多小孩在慢慢長大以後，
發現它已經不在放玩具的抽屜裡，
也不在糖果盒裡了。
他們說：「這樣也好。」

很難相信，它讓某些人感到害怕。
這些人把門關上，遠離人群，
還築起圍牆。

有一天，彷彿開玩笑似的，
它躲在一滴眼淚裡，
讓一個男人懷念起過去。

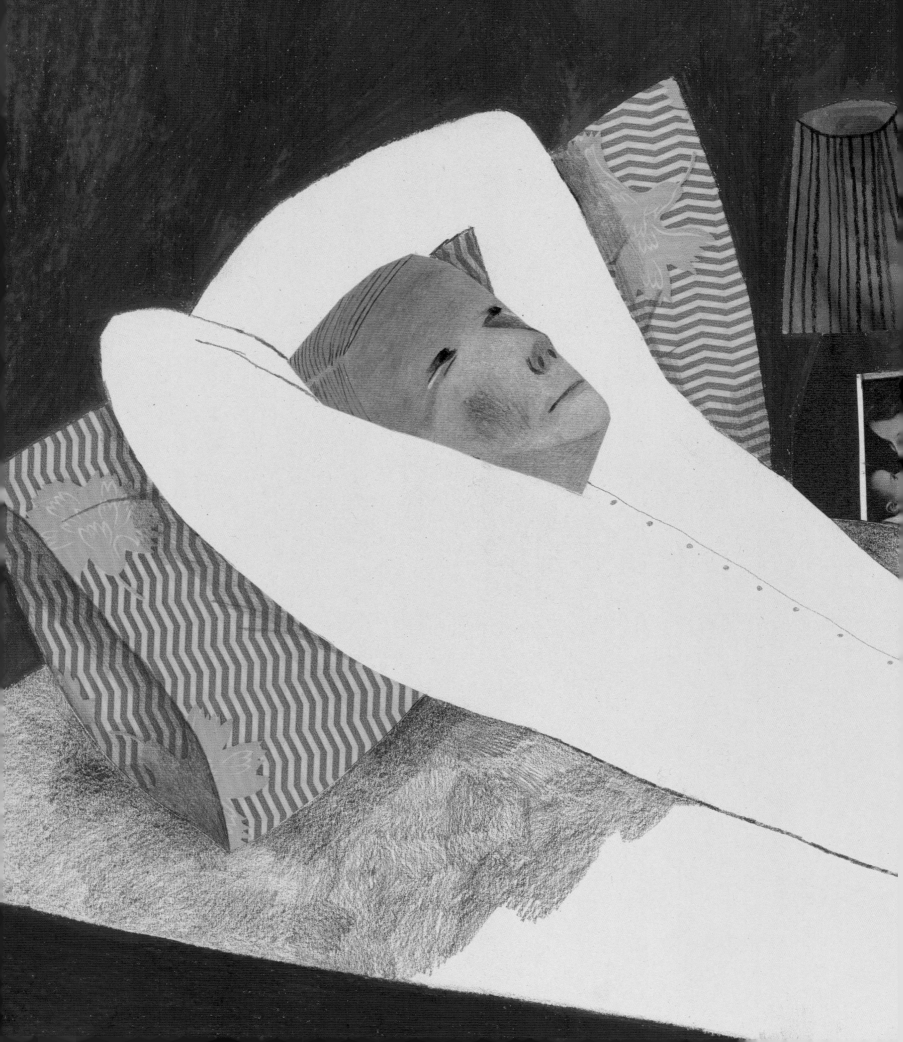

有些人在氣味裡找到它，
或是在目光之中，
或是在別人的懷裡。

有些人不斷追尋，
有時想用金錢得到它，
有時想把它鎖在盒子裡。

可是卻留不住它，
它只會跟我們擦肩而過。

它像一片葉子旋轉飛舞，
落在一個人的肩上，
轉眼卻又飛起，
消失得無影無蹤。

它就在那裡，
躲在我們身邊。
再一次，
我們又讓它從眼前溜走。

這個小東西，
我們看不見，卻又巨大無比，
曾經有那麼一天，人們把它叫做幸福。

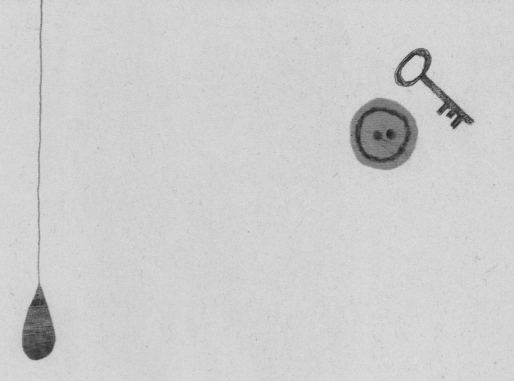

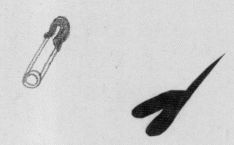

完